*Der Autobus mit den Buckligen*

Edition Solitude

# Nora Iuga

## Der Autobus mit den Buckligen

2003

Aus dem Rumänischen übersetzt von
Ernest Wichner

## *sam empfiehlt sich seinen lesern*

ich bin sam
ich habe eine frau mit einem grünen bein
und einem abgeschnittenen ohr
ich habe eine frau mit kahlrasiertem schädel
und titten lang wie ziegeneuter
morgens wenn sie zum markt geht
pissen ihr die hunde ans bein
und die rose erblüht
ich habe eine zärtliche und lüsterne frau
sie leckt mir die schokolade von den fingern
und meine finger erigieren sich
ich bin sam
ich habe auch einen buckel
den hat mutter mir geschenkt als sie ein kamel war
ansonsten bin ich von heiterer natur
wenn es regnet kriege ich lust ins kino zu gehen
doch mein herr legt mich an die leine
ich bin ein nasser hund
ich übe mich in geduld und schweige
ich mache kleine gelbe würstchen
ich denke an den lieben gott

## *sam sitzt auf dem zahnarztstuhl*

ein buckel wendet sich im bus
an einen anderen buckel
rate mal wer die wahlen gewinnt
manch einer macht sich mit den ellenbogen platz
andere wieder spielen mundharmonika
ich sitzte auf dem zahnarztstuhl und
erwarte eine nachricht von dir
die du jetzt durch arizona reitest
ich wünschte du hättest mir wenigstens
dein ohr hier zurückgelassen
damit ich mein wachs hineinträufeln kann
ich bin sam
sam das schwein
dusche ohne dich
kratze mich ohne dich
meine fingernägel sind schartig
ah die küchenmesser
die nicht auf dich hören
ich denke an dein rotes hütchen
unter den füßen rennt der asphalt
zwei hundehälften rennen unter den rädern

## *minodora träumt von sam*

mutter sagte zu mir:
minodora denk nicht mehr an sam
denke wenn du zum markt gehst
an sauerkraut und rippchen
sei eine anständige frau
wie hat denn beethoven nicht auch
flausen gehabt sagte ich ist ihm etwa nicht
ständig ein vögelchen im kopfe herumgeflattert?
nun ja beethoven sagte mutter
nahm das staubtuch
und begann die ohren des genies abzuwischen
und dies alles bloß weil mir danach ist
über dich zu schreiben
etwa so wie man niesen muß
oder sich kratzen
heute nacht hab ich von dir geträumt
du hattest ein kind mit einem katzenkopf
niedlich war es wie ein märzamulett
und du schriest so laut du konntest
»kommen sie sehen sie selbst
was ein beweglicher kieselstein so alles durchmacht
bis hin zur schönen statik«
und was sich daraus ergibt
wenn man zu beten vergißt
vor dem einschlafen

## *sam und die kuh*

großmutter war ein lampenschirm
großvater war ein teekessel
ich war eine kleine vergessene olive
auf einem japanischen teller
ich bin ein zwielichtiger mann
seht nur     geschmeidig bin ich wie eine frau
ich mag die komplementärfarben
wenn ich vergesse die telefonrechnung zu bezahlen
wird das wasser abgestellt
wenn ich auf ein bett mit einem baldachin stoße
versetzt man mich ins büro nebenan
ich möchte mit einem spezialisten reden
möchte erfahren wo die toleranz wohnt
ob sie blond oder braunhaarig
und wie alt sie ist
auf dem anrufbeantworter war eine hündin zu hören
sie hatte etwas aristokratisches an sich
und ich fragte mich
wer mich wohl hört
ich sitze auf der rückbank zwischen zwei verbrechern
und kann ihretwegen nicht die marseillaise singen
die luft im autobus ist eine kuh
ihr euter blickt zurück im zorn

## *ich bin sam der unglückliche prinz von dänemark*

ich bin ein pilz randvoll mit sporen
ein saxophon voller töne
ich bin der unglückliche prinz von dänemark
das kloster meiner liebsten ist ein bordell
wenn ich äquilibristische kunststücke vorführe
setze ich mir die rote laterne auf die stirn
vor zeiten hat minodora mir einen kürbis geboren
sie legte ihn mir in die arme
und ich weinte    ich war ein gerührter sam
durch das fenster sind fahnen zu sehen
in meinen därmen rennt eine maus
ammen mit kürbissen in den kinderwagen
gehen vorbei
ihre samen halten sie hermetisch verschlossen
du wirst schon sehen wie viele junge dichter
daraus entsprießen und dir
wie tausend schlechte nachrichten
ins ohr dringen
und plötzlich wirst du ernst
benötigst ein stöckchen
mit einer puppenhand dran
zum kratzen unter der perücke

## *sam hast du die stromrechnung bezahlt fragtest du mich*

erinnerst du dich minodora
wie du morgens an meinen buckel klopftest
und drinnen war das plätschern des nils zu hören
und die palmen und die kleinen gelben vipern
wie damenstrumpfbänder
und ramses stimme
der eben aus dem schlaf erwachte
als er von dir träumte
du in deinem dreieckigen slip
in dem das auge gottes funkelte
erinnerst du dich wir gingen gemeinsam zum dienst
aßen brezeln mit sesam
und du hobst dir den nachtsaum von den augen
sam hast du die stromrechnung bezahlt fragtest du mich
du warst schamhaft ich hab dich verführt
mit meinen reden
deine dunkelheit gefiel mir
ich wälzte mich drin rum
bis ich auf die andere halbkugel gelangte
wo mich zwanzig buben erwarteten
die bleistifte spitzten
wissen wollten was ramses noch so treibt
und ich sagte er telefoniert

## *sam hat ein vorgefühl*

schön wäre es nach venedig zu fahren
denkt sam während er auf den bus wartet
und die rose in seiner hand vor sich hin döst
aber ich fürchte mich vor jenem stiefel
der in der sonne schrumpelt
sam hat ein vorgefühl er sieht seine schreibmaschine
und seine finger brav daneben liegen
wie besteck zwischen brotkrümeln
sieht den regenschirm
und die anderen kleinen werkzeuge
die unauffällig ihm helfen
trockenen fußes durchs wasser zu kommen
auch die buckligen die an den ecken
beim pinkeln texte rezitieren
und das gewaltige operationsmesser
das in solch einem nachgiebigen
schier weiblichen gewebe steckt
er könnte noch warten bis morgen
auf den letzten regen aus dem traum
der alten kokospalme
und der abgenutzte hut und all der tand
eines ganzen reiches würden weiter
über die landstraße geweht
die zum meer führt

## *sam sucht elohim*

ich ging auf den damm hinaus
um mir das leben aus den kleidern zu schütteln
bin verzweifelt
ein verlassener schimpanse
ich habe keine nachricht von dir
kann elohim nicht finden
weiß nicht wo ich ihn hingetan habe
im werkzeugkasten liegt nur noch
ein verrosteter nagel
was bin ich bloß für ein sam
meine ganze persönlichkeit
hab ich im bus auf dem sitz
neben dem fenster zurückgelassen
sehen kann man sie nicht doch fühlen
sie ist warm und weich
wie ein käsepfannkuchen
ich wollte sie dir geben
damit du davon kostest
dir zähne und zunge an mir erfreust
drei nächte lang hab ich stets gezählt
unendlich zahlreich sind die schafe des herrn
ich wünschte du kämest zurück
mit deinen rollschuhen
mit deinem karneval
mit dem tod in den anderen tod
wie praktisch dieser porree ist
der länger hält
als jede rose

*sie werden es nicht glauben wollen, aber sam gibt es wirklich. bloß sieht man ihn nicht, wenn drei vier leute um ihn herumstehen. er ist unauffällig und weiß wie ein tischtuch. seine hände bewegt er dann, wenn alle ihre hände bewegen. natürlich auch gleichzeitig mit mir. er läßt mich im nichts verschwinden. es ist wie ein mort de lèse-majesté. doch der mord ist daran die nebensache. ein schlichter spiegel. das ärgert mich. ich dachte, er stachelt meinen narzismus an, aber eigentlich kringelt er mich ein wie einen falschen buchstaben in einem text.*

## *minodoras brief an sam*

wo treibst du dich herum lieber sam
über welche trödelmärkte
durch welche vorstädte
reitest du auf deinem singvogel
wer winkt dir noch zu
wer frißt dir noch aus der hand
bist ein gekreuzigter jesus
ich höre dich durch den wind
ein melancholisches gedicht rezitieren
du bist klein sanft und verrückt
ich könnte weinen um dich
denn du weißt wie habgierig
die spatzen sind
daß sie deinen knusprigen buckel
im handumdrehen wegfressen
und dich am bahnhof stehen lassen
wo du auf den bummelzug warten kannst
und was für ein guter vater du bist
wie du deine kinderlein zu dir kommen läßt
und still hältst damit ich dir die haare waschen kann
wie du knurrst und schmatzt
und hüpfst bei himmel und hölle
und wie es mich verzehrt
nach dir

## *sam und das hündchen dracula auf dem ferdinand-boulevard*

ich bin mit dem hündchen dracula
hinaus auf den boulevard ferdinand
zum spazieren gegangen
ein großer und roter lärm war überall
dracula machte sich immer kleiner
es zerschmolz geradezu
wie ein stück butter in der sonne
und ich überquerte schwimmend
die dardanellen den bosporus und gibraltar
wie man drei zuckerstangen
von unterschiedlicher farbe lutscht
wo bist du sam geliebter
war von unter dem bett her zu hören
und der reihe nach begannen
meine gewesenen frauen aufzutreten
siebenunddreißig an der zahl
alle hatten sie maulkörbe an
alle wurden sie ins schlachthaus geführt
und ich freute mich wie ein kind
der speichel lief mir im mund zusammen
als ich über meinem kopf
den schwanz gottes sah
wie er auf die stirn
mir spritzte

## *sam macht siesta*

ich liege im schatten der zedern
und rauche meine pfeife
ich denke an die flöhe
die morgen für morgen
die giraffe besetzen
da kommt einer vom drumul taberei
streckt mir die zunge raus
zwinkert mir zu
der weiß offenbar
wo der schnee ist vom alten jahr
»das ferkelchen ist gewachsen    sagt er
doch seine haut ist klein geblieben
sie reißt an den nahtstellen«
jedesmal wenn vater mich ruft
aus seinem stiefel am fuße des bettes
kommt die gummifrau hervor
schnappt sich den stößel
und stampft und stampft
im leeren mörser

## *ich bin ein besorgter vater*

ich wiederhole:
»das ferkelchen ist gewachsen
doch seine haut ist klein geblieben
sie reißt an den nahtstellen«
ich bin ein besorgter vater
benedict beherrscht das einmaleins nicht
knöpft sich nicht ordentlich zu
schnüffelt in minodoras schubladen rum
er liebt büstenhalter
steckt pfirsiche hinein
beißt zu und ist verrucht
ich erkläre ihm in welcher welt wir leben
er aber weigert sich standhaft
mit mir zur schule zu gehen

## *die ratschläge von sam an seinen sohn benedict*

achte darauf wie du dich benimmst benedict
sei wie das frühstücksei
weder zu hart noch zu weich
wie die wassermelone
weder grün noch überreif
in gesellschaft sei der kuckuck aus der uhr
singe bloß zur rechten zeit
nicht bellen und nicht beißen
die kleinen wickelst du ein
den großen lächelst du verhalten zu
bediene dich der gesetze
sie sind nützlich wie die hand des herrn
für den hund und die marketenderin
für den soldaten
bist du verliebt
so gib den bettlern geld
die frauen betrittst du
wie eine kirche
vergiß dein ideal nicht
übe ständig das einmaleins
und sei anständig
iß auf der straße keine sonnenblumenkerne
lerne die sprachen der nachbarn
doch mit gott rede nur in deiner sprache
liebe deinen nächsten wie dich selbst
und begehre weder dessen ziege
noch dessen frau oder buckel
paß auf denn draußen ist einer
der rupft dein huhn

achte darauf wie du ißt benedict
schmatze nicht und schlürfe nicht
laß immer ein stückchen im teller liegen
und töte den anarchisten in dir

## *sam ist ein gemäßigter anarch*

benedict hält sich an der oberen stange fest
sam an der unteren
benedict ist größer und weißer
sam ist kleiner und dunkler
doch der weißeste von allen
ist terente
der besitzer der concordia-buchhandlung
nach der klassifizierung des großen soziologen linné
gibt es anarchen anarchisten und monarchen
benedict will terente erschießen
ich brauche keine anarchistischen kinder
ruft sam laß mir den monarchen in frieden
jeder bock braucht seine wand
sam ist ein gemäßigter anarch
er zieht es vor das fenster einzuschlagen
doch reicht dies nicht um einzugehn
in die geschichte

## *sam will flöte spielen*

sam will nicht mehr
an die großen probleme denken
sam will flöte spielen
schön ist dieser morgen
da die schwalbe zurückkehrt in ihr nest
ich bin ein armes waisenkind
klein wie ein rotztropfen
kein engel weit und breit
der mich mit seinem ewigen flügel streifte
ich beneidete ihn dafür
daß er sich nach der mode
der fünfziger jahre kleidete
er schickte mir seine sachen
damit ich sie im jahr 2000 trage
bloß mein schuh rannte
wie ein windhund
auf andere galaxien zu
dort lagern meine sippschaften
sie machen siesta
erzählen witze
essen kuchen
und ich höre wie sie ohne unterlaß
durch meine kaputten wasserhähne fließen

*ich weiß nicht, wie mir geschieht. sam entgleitet mir, mit seinem ganzen krimskrams haut er ab auf die andere hirnhälfte. verschwindet in deren schatten. mit meinen gedanken möchte ich die bahn wechseln, diese bewegliche masse steuern. ich bin ein detektor, den die unstete form verrückt macht, ich sehe, wie sich die wirklichkeit in die schönheit ergießt, und die schönheit fließt, nie geht sie aufrecht auf den beinen. heute, am 21. januar, da der steinbock sich mit dem wassermann vereint, ist gelb der wille zwischen den blättern.*

## *istovitu der erschöpfte hat nachtschicht*

als wir klein waren
ging ich mit meinem bruder istovitu der erschöpfte
abends auf den mond
wo wir beteten damit mutter zurückkäme
von der anderen welt
istovitu der erschöpfte hat nachtschicht
und ich arbeite tags
so können wir die frauen
unter uns austauschen
sie haben zugenähte augen
gießen sich milch ins gesicht
und kauern dort
bis zum nächsten tag
im morgengrauen kam der mond
ins zimmer
und sprach sein gebet
ich sah wie unsere zehennägel wuchsen
mithin waren wir totgeboren
achteten darauf daß uns die sonne nicht
auf dem feld erwischte
und die münze uns nicht
aus dem mund fiel
wir führten ein glückliches leben
ich war sieben jahre alt
und träumte davon
abzuhauen nach amerika

## *sam ist ein engel*

welches vergnügen es mir bereitet
mein stöckchen herauszunehmen
und mit ihm zu spielen
schrieb sam in ein geschichtsbuch
für die vierte klasse
fünfzig jahre später
ist sam ein engel
hängt an einem ast
kratzt sich unter den federn
und zerbeißt seine läuse wie ein alter affe
was habe ich denn zu verlieren
außer vielleicht einer landschaft
diese paar häuser
an denen der autobus vorbeifährt
und die zusehends schrumpfen
wie paar löffel suppe
in den händen von bettlern
wenn der postbote nicht kommt
und minodora nicht anruft
ich bestehe darauf zu erfahren
wer sam ist und was er mit dem stöckchen tut
ich meditiere stecke meine nase
in diesen weichen und warmen flaum
den die sonne mir auf den tisch packt
ich schlafe nicht ich zähle
bin der hilfloseste text
in dieser stadt

## *sam wechselt rasant auf einen anderen kanal*

benedict möchte nicht heiraten
er treibt seine rinder zum fluß
und lehrt sie singen
bringt ihnen den dreifachen salto bei
und zeigt ihnen wie sie sich in feen verwandeln können
benedict möchte bis über den polarkreis hinaus fliegen
sam wechselt rasant auf einen anderen kanal
er stört das bild macht flöhe
doch es greift keiner ein
denn samstags und sonntags
lassen alle ihre reaktionen unterm bett
wie ein paar schuhe
und erkunden unbekannte gegenden
als hätten sie keine mütter sondern wege
die dort unten ins taufbecken münden
und herzzerreißend weinen

## *sam träumt davon zu keops zu gelangen*

ganz hinten im autobus
hinter so vielen buckeln
sieht sam die sahara
mit ihren zitternden dünen
er träumt davon zu keops zu gelangen
brennt darauf ihm die sandalen auszuziehen
und ihm das blut von den nägeln zu lecken
ich fürchte nur mein geld wird nicht reichen
denkt sam und ist den tränen nahe
was macht ihr mit mir und meinen nachkommen
aus dem himmel weht eine kühle brise herab
immer tröstet dich gott
und läßt dich zurück am ufer
damit du versöhnt zusehen kannst
wie die titanic untergeht

## *sam bringt die hühneraugen des patrons zurück an ihren platz*

ich bin in die stadt gegangen
mir hosenträger kaufen
ich habe heute geburtstag
bin sechzig geworden
im vergangenen jahr auf dem chomolungma
ist mir noch hilary begegnet
(in meinem sessel sind zwei hände liegen geblieben
ich kriege nicht raus wer die da vergessen hat)
auf arbeit habe ich einen hahn
für meinen höcker geschenkt bekommen
vielleicht zeigt mir jemand
wie ich damit musizieren kann
ich kann mich nicht beklagen
bin ein verwöhnter sam
ich krieche dem patron zu füßen
und bringe seine hühneraugen zurück an ihren platz
er klopft mir auf die schulter
es reicht für heute
zieh dich um     sagt er
geh spielen

## *sam und die bunten träume*

eines nachts
schreibt sam    wurden in allen wohnungen
bunte träume ausgeteilt
mitunter fällt die sonne
wie ein butterbrot auf den tisch
ein andermal kommt benedict
und tapeziert meine stube mit schmetterlingen
die tür öffnet sich so leicht wie eine hand
auf dem flur hört man ihre füße
jeder schuh ist der sarg eines fisches
sam erschrickt
holt sich c. g. jung aus der bibliothek
und läßt ihn die zeichen vorlesen
die fuhrwerke mit blumenerde
schaukeln wie schwangere zigeunerinnen
jenseits der fensterscheibe

## *ich bin sehr einsam    sagt sam*
***dem mädchen christine gewidmet***

und sam ist aufgestanden
und hat seinen pyjama angezogen
und hat seine trompete genommen und das stethoskop
und ist auf den markt gegangen
und das mädchen mit den gänseschwimmhäuten
an den füßen ist gekommen
mit schmetterlingen im ohr
und zwei augen wie zwei glückliche zigeunerbengel
schön sind deine augen
meine liebste
ich werde die ganze nacht an sie denken
denn ich bin sehr einsam
sagt sam
ich werde für dich beten
antwortet das mädchen

*sagen wir mal, sam hat keine frau, keine kinder, keinen bruder, er hat einen patron. jeden morgen, wenn er zur arbeit geht, versucht er, sich an die träume der vergangenen nacht zu erinnern. für die dauer des klickens eines fotoapparates fängt er das bild ein und plötzlich zerschmilzt ihm, was konsistenz hatte, was physisch in seinem körper anwesend war, in tausende sprudelnde partikel – die aufschäumende tablette jener nacht, aufgelöst in diesem glas wasser, das man morgens auf den leeren magen zu trinken hat. eigentlich kenne ich ihn nicht. er hat keine eigenschaften. ist wie ein kalter krieg, auf dessen rückseite jemand die spielfiguren verschiebt.*

## *und minodora sang romanzen*

wie glücklich war ich mit fünfzehn
als ich mich meiner gefühle nicht schämte
als ich vor aller augen
den hund auf die schnauze küßte
und mich in mona lisa verliebte
frühreif und züchtig war mein fleisch
wie brachland
ich aß stachelbeeren
die apostel kamen mit apfelblüten in den händen
und halfen mir beim überqueren der bahngleise
ach die nächte mit ihren löchern
und der gnade gottes
sie kamen und gingen
und man weinte an mauern
wie hunde daran pissen
und minodora sang mir romanzen
ich freute mich meines lebens
hatte den himmel über
und das moralische gesetz in mir

## *terente kümmert sich um sam*

am weekend nimmt terente mich mit an den fluß
drückt mir die angel in die hand
hängt mir den fisch an die angel
und dreht den schlüssel an mir um
damit ich funktioniere
dann nimmt er seinen fisch wieder
seine angel
und läßt mich allein
mit den fliegen
und dem lieben gott
terente kümmert sich um mich
betrachtet mich als sein kind
läßt mich nicht fernsehen
nicht alleine über die straße gehen
und gibt mir kein taschengeld
morgens bloß
muß ich seine schuhe putzen
dann liebe ich ihn
weil er mich braucht
wie die kirchentür die bettler

## *ich habe angst hörte er istovitu den erschöpften sagen*

sam sagte:
ich habe geträumt minodora sei gestorben
und zog ein weißes taschentuch mit schwarzem rand
hervor
auf der anderen seite
ging eine hündin mit unverschämt lustigen zitzen vorbei
sieh ich gehe auf beiden ufern gleichzeitig
wunderte sich sam und drehte gott eine nase
ich habe angst hörte er istovitu den erschöpften sagen
als sie aale fingen bei der mühle
ich habe angst vor ihrer heiligen gestalt
wie osterkerzen
wie ein knüppel der das rote meer leckt
wie ein    na du weißt schon
zappelnd zwischen den kiefern eines erzengels
es wurde heiß
man bekam lust mit einer frau zu schlafen
in ihr luftiges fleisch zu beißen
wie in zuckerwatte
und evrika zu rufen
hier endet die welt

## *sam bruder unternimm was damit ich raus komm aus dem knast*

ich stehe neben der klagemauer
und zähle meine finger
zwei hat das wasser mir genommen
einer ist im auspuffrohr stecken geblieben
zwei raufen miteinander
wie verlassene frauen
manchmal höre ich nachts jemanden rufen
sam bruder unternimm was
damit ich raus komm aus dem knast
ich habe den freiheitsdrang
der bisonherde
die dem großen strome folgt

## *sam geht über den himmel*

in meiner stadt wächst eine wurzel
geschwungen wie das horn eines ziegenbocks
in meiner stadt gibt es einen stuhl
von dem herab niemand
den boden berühren kann
ssst seid still
sam schreibt ein gedicht
er sieht wie das schiff
sich dem ende der straße nähert
sieht wie sich das schwarze wasser
allmählich ausbreitet
sieht die haarlocke eines mädchens
um einen vertrockneten finger gewickelt
sam geht über den himmel
er muß nach mekka
muß äpfel kaufen
stellen sie sich einen klassischen dichter vor
der am busen seiner muse nuckelt
einen jüngling auf stelzen
der durch den opferbrei
der eigenen mutter stakst
schreibt sam und keucht
wenn ich die flügel öffne
mag die sintflut losgehn

## *sam ist eins mit hiob*

und diese freunde diese dichter
die meine träume behindern
die anschläge verüben auf meine glückseligkeit
wenn ich aus dem schlaf erwache
von düften betäubt wie ein floh
in minodoras achselhöhle
wie unglücklich ich bin
wenn die heilige quirilla nicht kommt
mir ein gelübde zu diktieren
über armut keuschheit unterwerfung
und daß ich mich verführen lassen möge
wie das verlorene schäfchen
je weiter ich mich von dem entferne
                                        was ich geträumt habe
um so leerer werden meine taschen
und ich schlage wurzeln an der kirchentür
ich habe nicht gewußt
daß sam eins ist mit hiob
und daß seine pockennarben
eigentlich schwarze buchstaben sind
schlußfolgert sam
und ein feiner spermafaden
wie die agonie einer maus
fällt in seine hand und schäumt

## *sam und die vision des erzherzogs*

ich sitze im autobus
zähle mein geld
der neben mir
tut so als schlafe er
ich habe so ein ungutes gefühl
sie sind viele
aufgestachelt von der hitze
tragen keine maulkörbe
und plötzlich das schwarze auto
des erzherzogs das links abbiegt
sarajevo ist eine stadt mit 292,3 tausend einwohnern
erzählte großvater
ging in die moschee und betete
er hatte keinen halbmond
der chauffeur bremst unvermittelt
durch das offene fenster fliegt eine wandertaube
die ist bestimmt der abdeckerei entkommen

*und ich mit dem stolz eines mildtätigen samariters habe sam das hirn ausgeliehen. ich glaubte, zwischen meinem auge und seinem verschwinde die luft. ich fühlte seinen speichel im mund, und meine fußsohle folgte dem abdruck seines schuhs wie ein siegel. er aber versteckte sich ständig im fleisch eines kindes. er hatte so seine tragbaren dinge, seine musikschachteln. ich weiß nicht, wo er mich mit seinen immer gleichen tricks nun wieder hinführen will. in welchen blutfeuchten galerien mein licht ihn jetzt nicht erreicht. zwei, drei undeutliche silhouetten kreisen um ihn in brownscher bewegung; ohne einen bruch, eine implosion davor und danach bin ich machtlos.*

## *die nachbarn haben sam den ruhm geklaut*

ach mein leib
er mag meine einfälle nicht
und dabei habe ich mir
sirenen auf den arm tätowieren
und weite hosen schneidern lassen
mit kleinen falten
und meine haare hab ich grün gefärbt
ich der ich originell sein wollte
weil ich dachte dies könne
das vergessenwerden verhindern
und als die nachbarn es mir nachmachten
haben sie mir den ruhm geklaut
ich spürte wie sie mit dem löffelchen
stücke aus meinem hirn fortnahmen
wie aus einer honigmelone
und ich der ich mich gänzlich aufgelöst habe
und verloren in schwarzer unendlichkeit
wie ein kleiner trüber stern
dank dieser nachäffer
ich spreche zu dir terente    patron
zu meinem geistlichen vater
gestatte deinem sam
wieder klein zu werden
und seinen luftballon aufzublasen

## *sams psalm*

zu dir bin ich gekommen herr
damit du mich lehrst was ich zu tun habe
jede nacht zanken mein leintuch
und meine decke
jede nacht kommt das schwein
und nagt dem engel das schwänzchen ab
ich brauche deine trillerpfeife
damit sie ordnung schafft in mir
komm zur besinnung sam
schlachte den hahn
rupfe ihm die federn
und fege damit den tod
so weit wie möglich weg
vom abdruck deiner fußsohlen

## *schreib sam folge deiner bestimmung*

da kommt ein schokoladenengel
klebt sein pimmelchen an meine lippen
und sagt zu mir:
schreib sam folge deiner bestimmung
ich denke    wie mag die bestimmung aussehen
ist sie dick    ist sie dünn
und wenn ich ihr nicht genügen kann
ich bin der folgsamste mensch in dieser stadt
setze die feder aufs papier
und fange an es zu kitzeln
»wie schön das leben doch ist
ein weißes pferd mit fransen auf der stirn«
was bin ich bloß für ein dichter
eine gurke
im schatten junger mädchenblüte
von dort oben
ist das nilbett
die illusion eines bettchens

## *was sam für benedict befürchtet*

ab und zu besuchte mich der ruhm
ab und zu auch mein sohn benedict
er war stolz auf mich er liebte mich
wenn ich schlief schnitt er mir die fußsohlen ab
und steckte sie in seine turnschuhe
dann überquerte er die straße auf eine
ganz und gar ungewöhnliche art
als überquerte er den styx
mit einem absinthglas auf der stirn
ich fürchtete ihn zu verlieren
aber meine sohlen juckten ihn
von mal zu mal heftiger
ich wärmte wasser goß es in eine schüssel
und die fische flüsterten darin
du wirst wegehen
zurückkehren wirst du
nicht sterben

## *der virile sam und seine tätowierungen*

es macht mir spaß über die stränge zu schlagen
es macht mir spaß bei rot über die straße zu gehen
auf der brust trage ich ein tigertattoo
und ein schaf auf der linken schulter
manchmal vergesse ich meine frau in der schublade
manchmal lecke ich die tinte von den tellern
ich liebe mich ein paar minuten lang selbst
was wollt ihr     ich bin sam
der liebe sam
der virile sam
lasset die kinder zu mir kommen
von sonnenaufgang kommen die mongolen
aus dem westen der engel
er beißt mir in die hand
und läßt mich das huhn nach eiern absuchen
ich gerate an ein kleines rotes loch
eine aufgeplatzte johannisbeere
klebt mir am finger
wie ein kaugummi

## sam putzt sich die zähne mit colgate

sam sieht zwei fliegen am fenster
und denkt an europa und zeus
da schämt er sich
er denkt an benedict
und dessen adidas
die voller leihfüße stecken
es gibt einen niveauunterschied
zwischen einer taube und einem briefkasten
es gibt einen niveauunterschied
zwischen einer kuh und den roten händen
die sie melken
benedict ist weit weg
treibt sich zwischen den wolken herum
beschnuppert die meteoriten
sam schickt er einen pfannkuchen
gefüllt mit engeln und lilien
sams mund riecht nach kirche
er putzt sich die zähne mit colgate
spuckt ins waschbecken
bewundert seine zähne im spiegel
und sieht ein weißes telefon
das ihm eine nachricht zukommen läßt
von den kanaren

## *sam erinnert sich an die hochzeit von kanaa*

sam langweilt sich
er zählt die reisenden im bus
denkt an die zwölf apostel
merkt daß man die frauen weggelassen hat
fügt sie hinzu   macht vierundzwanzig
erinnert sich an die hochzeit von kanaa
nähert sich dem paradies
sieht den baugrund
wo das gras nicht gemäht wird
das haar nicht geschnitten
und die achselhöhlen nicht rasiert werden
sieht den planwagen
und den hund der auf dem rücken liegt
ein engel der hunde
er träumt von menschen
von einem mann und einer frau
zwei glücklichen läusen
auf dem scheitel von gottes kamm gezogen
und die pferde mit ihren glocken
und ihren feiertagen
unter dem einzigen baum dieser stadt
sam schließt plötzlich die augen
»nimm o herr sie weg hier vor dem bus
und laß sie jetzt nicht diese straße überqueren«

*hilflos sehe ich der selbstzerfleischung eines geschlechtes zu, das mein blut in seinen adern hat; ich reise durch die welt. sie klatschen mir auf den trottoirs beifall. ich bin häßlich geworden. möchte nicht von ihnen gefilmt werden. ich betrachte den mann in mir, sehe mir eher seinen schlaf an. als betrachtete ich ein retouchiertes bild; ist das ein mensch oder ein hund, fragt jemand insistent. doch als das fenster geöffnet wird, erscheint ein kleiner beamter mit schwarzglänzenden ärmelschonern, der eine strenge liste führt, etwas in der art einer multiplikation mit einer ungeraden zahl. er wischt sich über die stirn, spitzt seine bleistifte, das telefon klingelt. alle zwanzig minuten hört er seine eigene stimme. und erkennt sie nicht.*

## *minodora ist als köder zu klein*

über der hundepißstraße
schütteln die linden ihre blüten ab
ein autobus voll buckliger fährt vorbei
mein finger möchte
in den buckel des nachbarn eindringen
wie die kerze in den opferbrei
ich bin ein geiler sam
doch minodora ist als köder zu klein
für solch einen gewaltigen fisch
die zunge streckt sich
wischt vom fenster zwei titten weg
wie zwei altare
da kommt die grüne fliege
klopft mir auf die schulter und sagt
sam liebster
komm mit ins spinnennetz
dort läßt sich's himmlisch schaukeln

## *minodora war eine kleine grüne mücke*

herr des himmels was haben wir für einen pakt
miteinander
daß du mir die leiter zum hubschrauber
just in dem augenblick zuwirfst
da ich auf dem lippenwulst der niagarafälle stehe
wie leicht muß dein schlaf sein
daß du mich weinen hörst
in der häftlingskolonie
nimm diesen autobus voll buckliger menschen auf die
handfläche
und laß ihn durch die duftenden gärten fahren voll narde
und jasmin
erzähle mir geschichten schmeichle mir
beispielsweise »wie schön du bist sam
mein liebster und keinen makel
keine schuld kann ich an dir entdecken«
und daß ich spüre wie mich sanfte wasser wiegen
eine musik aus deinen fingern quillt
und mich erinnern muß
wie ich mit istovitu dem erschöpften
unter den weiden lag
und minodora war eine kleine grüne mücke
die uns in die hosen schlüpfte
und um das stöckchen kreiste
wie ein propeller der dich erhebt
und fortträgt in den himmel

## *sam ist frech wie ein schwan*

früher habe ich festliche empfänge ausgerichtet
ich war ein spitzenkoch
jetzt liebe ich den sport
vor allem die nordische kombination
die so poetisch klingt
mag auch das wäldchen
ich bin ein eminescu-gemüt
mitunter steige ich bei der universität aus
und die studentinnen schauen mich an
als wär ich jesu wiederkehr
wenn ich an der edgar quinet
an meinem himmlischen buckel hängend
aus dem hubschrauber steige
trage ich ohrringe
ein kreuzchen am hals
und schmeiße mich
zwischen zwei gebeten
wenn etwas zeit bleibt
an gott ran
ich bin frech wie ein schwan
doch plagt mich mein gewissen
renne ich sogleich zum fluß
der mein freund ist
und mir kalte umschläge
auf die unterseele packt

## *minodoras büstenhalter*

42 grad im schatten
haben sie im radio angekündigt
also hat sam die melone aufgeschnitten
und minodoras büstenhalter herausgeholt
wieder war sie nicht brav
wieder ist sie zur donau gegangen
trübes wasser trinken
sagte er zum polizisten
und die nachbarin auf der etage
zwinkerte ihm zu
greif doch zur glocke und läute
die pause ein    sagte sie
iß dein brot mit pflaumenmarmelade
und spiel ein bißchen blinde kuh
darunter aber gab es eine chaussee
auf der ein leichenwagen fuhr
wir sangen arbeitermärsche
und istovitu der erschöpfte weinte
im rückspiegel

## *istovitu der erschöpfte nuckelt und schläft*

laß mich doch endlich mal in frieden
rief istovitu der erschöpfte
als ich zu ihm sagte
nun geh auch du mal in die stadt
und kauf dir eine zeitschrift
istovitu der erschöpfte nuckelt und schläft
mutter glaubt er
sei eine kuh gewesen
damals im himmel
die alle märchen gekannt hat
bis sie jenseits des schwarzen wassers
verschwunden war
eine kuh die aufgestiegen
aufgestiegen und glücklich gewesen ist
sie brach sich ein stück aus der sonne
und nagte die ganze nacht daran
istovitu der erschöpfte wiegte sich
zwischen ihren beinen
und vergaß mich
verwechselte mich
mit dem heiligen geist

## *terente übt gerechtigkeit*

grabe sam sagt terente
und sam gräbt und gräbt
bis zu den brüstchen
bis zum bäuchlein
bis zum knöchelein am füßlein
bis zum spritzelein
bis zum toten meer
wo ein tor ist bittesehr
und ein mensch am abend klopft
doch es hört ihn keiner
ich will minodora wiederhaben
ruft istovitu der erschöpfte
weil sie ist mein bett
nein meines sagt da sam
und hängt ihm seinen buckel um
doch da kommt terente
und übt gerechtigkeit
minodora ist weder sein bett
noch dein bett auch nicht jenes
der nachkommen eurer nachkommen
minodora ist mein schreibtisch

## *he sam ruft ein verkäufer*

ich spaziere zwischen den verkaufsbuden einher
suche knöpfe
denn es ist kalt geworden
und ich laufe mit offener jacke herum
wie eine fledermaus in ihren altaren
he sam ruft ein verkäufer
kurbel mir das geschäft an
aber meine füße gleiten hangabwärts
hinunter zum kristallsee
wo die schwäne unterm eistuch kauern
und schnurren    aber ich habe vergessen mitzuteilen
daß das eis vom flugzeug aus gesehen
die haut der welt ist
am anfang war die pappel
gottes zuchthengst
schließlich das wasser
wartend zwischen den ufern
wie die möse einer kaiserin

## *sam und das gespenst*

heute nacht im schlaf
haben mich die fingernägel aus perlmutt gekratzt
die am ufer des nils wachsen
ich hatte meine kleider ausgezogen
und wollte eben losschwimmen
als das gespenst kam
den schlapphut aus filz
hatte es über ein auge gezogen
und bat um entschuldigung
ich war dreiunddreißig jahre alt
und die ratte säugte ihre jungen
ich hatte ab und zu schluckauf
und angst ich könnte sie stören
minodora hörte mich nicht
und auch istovitu der erschöpfte
konnte mich nicht hören
benedict spielte in seiner franziskanerkapelle
dermaßen laut daß keiner mehr etwas verstand
aus meinen kleidern am ufer schlüpften die würmer
die waren so herzallerliebst
daß ich sie wie eigene neffen liebte
ich war mitfühlend und arm
und wußte daß ich in italien sterben werde

## *Kleiner genealogischer Leitfaden*

*Großmutter,* die auf den Namen Eufrosina Cornelia Teodorovici hörte, eine geborene Daniol aus Piräus, erblickte das Licht der Welt im Jahre 1885 im Haus eines Orangenzüchters; sie hatte längliche Augen und einen Taillenumfang von 50 Zentimetern. Mit Vorliebe trug sie einen großen Hut mit Fransen, der sie in einen Lampenschirm verwandelte. Frisch nach Rumänien eingewandert, konnte sie keinen Ball und keine Parade auslassen; sie wollte es der Königin Maria gleichtun und so sein wie diese. Auch trug sie gerne halbhohe Schnürstiefel mit großen Perlmuttknöpfen und liebte die Ulanen.

*Großvater,* der auf den Namen Petar Dusan Teodorovici hörte, wurde 1880 in Sarajevo in einer Familie mit liberalen Ideen geboren. Er war in das Komplott verwickelt, das am 28. Juni 1914 zum Attentat auf den Erzherzog Franz Ferdinand führte. Emigriert nach Bukarest. Direktor der Nationalagentur. An der Wand über seinem Schreibtisch hatte er ein Diplom folgenden Inhalts hängen: »Von Gottes Gnaden und mit dem Willen der Nation verkünden Wir, König aller Anwesenden und Kommenden: Gesundheit. Herrn Petar Dusan Teodorovici wird das Diplom eines Ritters vom Orden Michaels des Tapferen verliehen.«

*Die Mutter,* die auf den Namen Camilla Teodorovici hörte, ist am 26. Juni 1917 in Bukarest geboren. Mit ihr taucht zum ersten Mal der Rückenhöcker in der Familie Teodorovici auf, und niemand weiß, ob ihr Name real oder ein Spitzname ist. Sie ist verführt und sitzengelassen worden. Hat einen Sohn namens Sam geboren. Und ist noch einmal verführt und sitzengelassen worden. Und hat einen zweiten Sohn namens Istovitu der Erschöpfte geboren. Sie ist frühzeitig, an einer Fischgräte erstickt, gestorben.

*Sam,* der Sohn Camillas, ist am 4. Januar 1939 in Bukarest geboren. Vater unbekannt. Persönliche Kennzeichen: ein Höcker auf der linken Schulter. Braune Augen, Geheimratsecken. Von Beruf Buchhändler, hat er wie sein Großvater starke Neigungen zum Kulturvermittler. Zur Zeit tätig als Abteilungsleiter in der Buchhandlung »Concordia«. Als zurückhaltendes Wesen hält er sich gerne stundenlang auf dem Klosett auf. Dort schreibt er Gedichte. Will seine Frau demütigen. Ist eifersüchtig auf ihre Talente. Hat Minderwertigkeitskomplexe. Ist vorsichtig. Trinkt nicht, raucht nicht und war kein Parteimitglied. Sündigt nur in Gedanken, dabei jedoch maßlos. Jeden Abend vor dem Einschlafen bittet er Gott um Vergebung.

*Istovitu der Erschöpfte,* der zweite Sohn Camillas, ist am 13. September 1941 in Bukarest geboren. Ohne Höcker. Ohne Beschäftigung. Von schwächlicher Konstitution, wie alle Kriegskinder. Erweckt die Leidenschaften der korpulenteren, mütterlichen, autoritären Frauen. Willenlos, kann er keiner Versuchung widerstehen. Minodora ist eine davon. Sam versteht ihn. Er weiß, daß das Leben kurz ist. Die großen Abenteuer von Istovitu dem Erschöpften tragen sich bei Dunkelheit zu. Er ist Schlafwandler. Zweimal schon ist er vom Dach gefallen und hat sich nichts getan.

*Minodora Teodorovici* ist am 1. März 1944 als Minodora Solacolu in Calafat geboren. Ehefrau von Sam. Von Beruf Stewardeß und – wenn sie verliebt ist – Dichterin. Größe:

1,75 Meter. Gewicht: 58 Kilogramm. Kahlrasierter Schädel. Ihr Frauenideal: Naomi Campbell. Ihr Männerideal: Clint Eastwood. Reist viel. Emanzipiert, libertär, feministisch. Ihren Sam ignoriert sie so ziemlich. Wenn sie sich an ihn erinnert, schickt sie ihm aus dem Ausland *Gedichte*.

*Benedict Teodorovici* ist am 2. Dezember 1970 geboren. Sohn von Sam und Minodora. Groß, blond, athletische Figur. In seiner Kindheit träumte er davon, Basketballer zu werden, aber dazu fehlte ihm jede Begabung. Er kann Einschränkungen nicht ertragen, haßt Vorgesetzte. Sein Modell heißt Raskolnikow; die Anarchie ist für ihn die einzig mögliche Option. Er ähnelt seinem Urgroßvater. Nachts im Bett, vor dem Einschlafen, stellt er sich vor, Terente, den Besitzer der »Concordia«-Buchhandlung umzubringen. Dann hat er Samenergüsse. Sie erschrecken ihn.

*Luluca Solacolu,* Mädchenname Izmeneanu, geboren in Calafat am 3. November 1920. Mutter von Minodora, dick, exzellente Hausfrau. Bevorzugte Speise: Sauerkraut mit Rippchen. Sensibel. Weint, wenn sie im Radio Beethovens »Mondscheinsonate« hört. Verträgt sich nicht mit Minodora, die sämtliche Laster von Grigoras Solacolu geerbt hat, der mit einer Diseuse über die Grenze gegangen ist.

*Terente Caramangioglu,* geboren am 9. Mai 1929 in Bukarest im Rahova-Viertel. In seinen Adern fließt türkisches Blut. Der Vater Antiquar mit einem kleinen Laden auf der Mihai Voda, die Mutter Hausfrau. Angenehmes Äußeres, Adlernase, leichte Neigung zur Fettleibigkeit. Raucht Pfeife und hat einen eigenen Chauffeur. Unternehmerisch, ehrgeizig, zynisch. Die am häufigsten gebrauchten Wörter: Antamat und implementiert. Er ist eine charismatische Person. Es gibt das Gerücht, er habe vor 1990 Epauletten auf den Schultern getragen; heute ist er der Besitzer der Buchhandlung und des Verlags »Concordia« auf der Piata Romana. Für Sam repräsentiert er Amerika.

## *Jeder ist dem anderen als Köder zu klein*

***Nachwort von Herta Müller***

Der Autobus mit den Buckligen fährt durch die Hundehitze des Sommers, über städtische, aber holprige Straßen. Es ist eine balkanische Stadt. Sam und Minodora sind ein bizarres Ehepaar, Benedict ihr Sohn. Terente und Istovitu der Erschöpfte sind Familienfreunde. Und wie es sich auf dem Balkan gehört, ist die Geschichte dieser Familie eine Geschichte von Eingewanderten, Dagebliebenen, Ausgewanderten. In ihren Köpfen stecken die Überbleibsel und Attitüden aus Kakanien, aus der rumänischen Monarchie und der sozialistischen Diktatur. Zu diesem Gemisch kommt schließlich noch die Überrumpelung durch Freiheit. Und wie es sich für die Gedichte von Nora Iuga gehört, ist all das nur die erste, erzählbare Ebene der Texte und darunter legen sich beim Lesen fortwährend amüsant-traurige Rätsel, halbgesagte und nichtgesagte Verästelungen. Die Autorin reduziert ihr Personal bewußt und gekonnt aufs Einfache und Überschaubare. Gerade dadurch gelingt ihr die tückische Wirkung der Gedichte. Minimalisiert öffnet sich hier eine Welt, die für den Balkan typisch bleibt und immer darüber hinaus geht. Die Balkan-Welt bleibt sie selbst und vermag es umsomehr überall zu sein. Und weil sich dieser Balkan in den Winzigkeiten überall hin öffnet, schließt sich um alle Personen ein so enger Kreis, daß sie zum Gruppenbild verschmelzen, aber auch eine einzige Person sein könnten. Jede für sich bleibt greifbar, verworren greifbar, weil sie die Tage nur chaotisch hinkriegt, sich selber im Gemenge der Gefühle und umgebenden Zustände aus der Hand gezogen wird. Aber alle Personen zusammen sind gleichzeitig auch ein Bündel genereller Eigenschaften, die in einem einzigen Menschen hocken, in uns allen auf der Lauer liegen, uns mal so und mal ganz anders machen, je nach Notwendigkeit oder völlig ahnungslos, weil der Zufall schneller da ist, als wir zu denken imstande sind. Man ist beim Lesen sehr schnell jede von all diesen Personen, man erwischt sich, daß man geständig, oder überführt, oder auch unbemerkt von anderen, diese Tumulte kennt, sie herumschleppt, mal besser, mal gerade so, mal überhaupt nicht mit ihnen zurecht kommt. Es werden Nichtigkeiten vorgeführt, aus denen die Tage, die balkanischen und die in aller Welt bestehen. Es wird telefoniert, Briefe werden geschrieben, Stromrechnungen bezahlt, Radio gehört, Siesta gehalten, Flöte gespielt, in der Nachtschicht gearbeitet, vom Abhauen in ein anderes Land geträumt. Es werden Fische geangelt und Buckel getragen – und ab und zu getauscht für einen Hahn. Es wird Politik gemacht mit allem, was sich ergibt: Irrungen, Nachäffen, Ablehnen – und warum nicht, alles in einem. Es wird sogar Gerechtigkeit geübt, d. h. das, was man dafür hält. Die Personen sind Möchtegern-Adel, verstörtes Kleinbürgertum und verelendetes Asphalt-Proletariat in einem. Alles alle Tage durcheinander in der Unvereinbarkeit zwischen dem eigenen Fleisch und den äußeren Tatsachen rundum. Im fliegenden Wechsel aus Liebe und Verlassenheit wird der Tag ein Gelände, auf dem in Treue betrogen und ehrlich geheuchelt wird. Draufgängerisch und angsthasig wird Liebe gefordert und verschmäht. Bigott und schamlos zeigt das Fleisch seine »sexuelle Intelligenz« von der die Autorin in Gesprächen sagt, daß es diese nicht nur gibt, sondern daß sie dem Verstand weit voraus ist. Und

sie sagt auch, daß sie mit dem Schreiben »den Dingen einen Maulkorb umbindet.«
Jeder Person dieses Buchs kippt der Handgriff, der gedachte genauso wie der gerade gemachte. Er kippt detailliert und funkelt klug und stupid als sinnentstelltes Glück, welches, um kein Desaster zu werden, ins Sprechen hetzt. Jede Person hat diesen Sprechzwang, manisch und exzessiv wird geredet, beschworen, gebettelt, gejohlt, geflucht. Es wird geredet, bis das Gesagte die gekippten Dinge nochmal kippt. Das Leben muß hier über die Zunge laufen. Und wenn es schier endlos über die Zunge gelaufen ist, ist es zwar immer noch aus den Fugen, aber aus den Fugen sein sieht dann schon aus wie das andere Ende der Normalität. Man könnte sagen, das Fiasko wird ausgekostet, bis es der Zunge schmeckt. Das Fiasko wird durch seine Verlagerung ins Wort zwar fortwährend unerträglich fürs Gemüt, aber durchs Fortwährende gewöhnen sich die Personen an die Unerträglichkeit. Der Asphalt präsentiert seine Straßen als Autobusse mit Buckligen, seine Hunde wie Engel. Das Wasser präsentiert seine Schwäne wie Katzen, der Himmel seine Engel wie Hunde. Minodora, Sam, Benedict, Istovitul der Erschöpfte und Terente sind mittendrin in der Stadt und außerhalb von sich selbst. Es hilft nichts, sie werden einander bis ans Ende ihrer Tage brauchen, denn sie sind jeder sein eigener und dem anderen nochmal ein Halt und ein Erdrutsch. Sie probieren das Leben immer anders, verlocken einander und sind sich dann einer dem andern doch »als Köder viel zu klein«. Ihre Intelligenz besteht darin, daß sie durch die Wiederholungen der Desaster nicht lernen, wie man das Leben besser macht, sondern nur, wie man es besser aushält. Jedes ihrer Desaster behält immer seine

Retourkarte, und es kehrt so deutlich wieder, wie die schönen klaren Gedichttitel, die es von vornherein benennen: »Ich bin sehr einsam sagt Sam«, oder »Ich habe Angst hörte er Istovitu den Erschöpften sagen«, oder »Unternimm was damit ich raus komm aus dem Knast.«
Nora Iuga hat mittlerweile in Rumänien 15 Gedichtbände veröffentlicht, von einem zum nächsten vom Leben als tragischer Farce ihr großes Thema fortgeschrieben. In dem Band »Gefährliche Launen« steht folgendes Gedicht:

mit den taschenlampen kommen manchmal nachts
aber nicht diese die es gibt
sondern jene die diese dran hindern daß es sie gibt
sie steigen von der einen seite des horizonts auf die andre
haben eine mundharmonika und kastrierte hunde
es sind die heiligen der hunde
verstehst du jetzt warum ich schweig warum ich mich
versteck

## Inhalt

Edition Solitude – die Reihe für neue Literatur
*Herausgegeben von Jean-Baptiste Joly*

Zu beziehen über jede Buchhandlung.
Jährlich erscheinen bis zu vier Titel. Abonnement möglich.
Informationen: Akademie Schloss Solitude,
Solitude 3, 70197 Stuttgart.
www.akademie-solitude.de

Lektorat: *Martha Götz, Stuttgart*
Gestaltung: *Uli Cluss, Stuttgart*
Satz: *Atelier Herkner, Stuttgart*
Gesamtherstellung:
*GZD Grafisches Zentrum Drucktechnik, Ditzingen*
Papier: *Gmund Fantasie 792 und Alster Werkdruck*
Schriften: *Eidetic Neo und Scala serif*
Auflage: 500

ISBN 3-929 085-84-4

Erstveröffentlichung in rumänischer Sprache im Jahre 2002
unter dem Titel »autobuzul cu cocosati« bei
Editura Vinea, Bukarest.
Dank an den Verlag für die freundliche Genehmigung